Scènes de violences sexuelles, réservé à un public averti.

CHAPITRE 1
L'ÉVEIL
SHUZO OSHIMI

1
Welcome back,
Alice

COLLÈGE IKEDERA
パコ
PONン
パコ
PONン
RLL
RLL
RLL

AH...
TAP
TAP
TAP
TAP
TIENS !
MERCI...
YÔHEI !

MITANI MITANI...
OK ! LES CINQUIÈME, ÇA IRA POUR LE RAMASSAGE DES BALLES !
VOUS POUVEZ PASSER AU MUR !

D'ACCORD !
TAP
TAP
TAP
YÔHEI !
ÇA TE DIT QU'ON FASSE...
DU MUR ENSEMBLE ?

パコーン
PON
PAN
パシッ
パコーン
PON

パコーンッ
PON
WAH !
BEN DIS DONC, KEI...
COMMENT TU ARRIVES À FAIRE ÇA ?
HÉ HÉ !
À VRAI DIRE... J'EN SAIS TROP RIEN !

TU AS VU ?
KEi JOUE VRAiMENT BiEN...
YÔHEi...
ON RENTRE ENSEMBLE, AUJOUR-D'HUi ?
HEiN ?
OUi, Si TU VEUX !

HA HA HA HA
ET MAINTENANT, PETITE IMITATION DE M. KUBO...
"ALORS ? À TROIS, DONNEZ-MOI TOUS LA RÉPONSE"...
HA HA HA !
C'EST LUI TOUT CRACHÉ !
HA HA HA !
PFFF...
YÔHEI...
OUI ?

EST-CE QUE...
TU AIMES QUELQU'UN ?
HEIN ?
ÇA... C'EST PERSO...
OH, ÇA VA, ON EST AMIS, TOI ET MOI !
ALORS ? OUI OU NON ?
JE TE RÉPONDS...
SI TU ME LE DIS EN PREMIER.

J'EN DÉDUIS QUE TOI...
TU AIMES QUELQU'UN !
QUOI ?! ÇA, C'EST TROP FACILE !
MOI, JE N'AI PERSONNE EN VUE.
HÉ HÉ...
BON, QUESTION SUIVANTE...
BEN... OUI...
...
TU T'ES DÉJÀ MASTURBÉ ?

EUH...
OUI... BIEN SÛR...
AH BON ?
ENFIN...
JE CROIS.
ET COMMENT TU T'Y PRENDS ?

BEN... JE FAIS COMME ÇA...
JE JOUE AVEC... JE FAIS TOURNER...
...
ET ENSUITE ?
AU BOUT DE QUELQUES MINUTES...
JE ME SENS TOUT BIZARRE... COMME SI J'AVAIS CHAUD...
HÉ HÉ !
IL Y A UNE MÉTHODE PLUS EFFI-CACE...
CELLE QUE TOUT LE MONDE PRATIQUE !

TOC
TOC
YÔHEI ?
JE CROYAIS QUE TU DORMAIS DÉJÀ...
CLAC
JE VAIS ME COUCHER... NE VEILLE PAS TROP TARD !
OK !
PAF

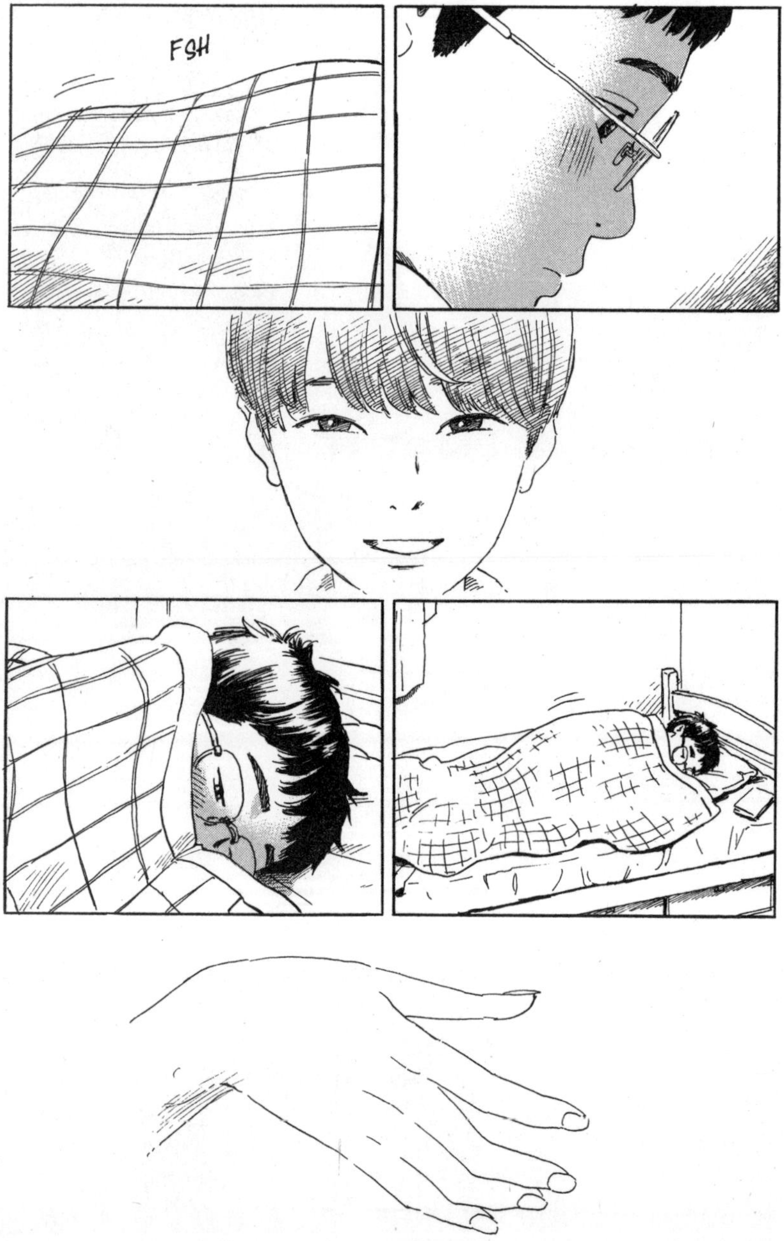
FSH

HUU...
HUU...
HUU...

HAA...
HAA...
HAA...
AH !
AH... UH...
HAA !
HAA !
JE... JE SENS QUE ÇA VA SORTIR !
LÀ, NE T'ARRÊTE SURTOUT PAS.
CONTINUE...
AH...

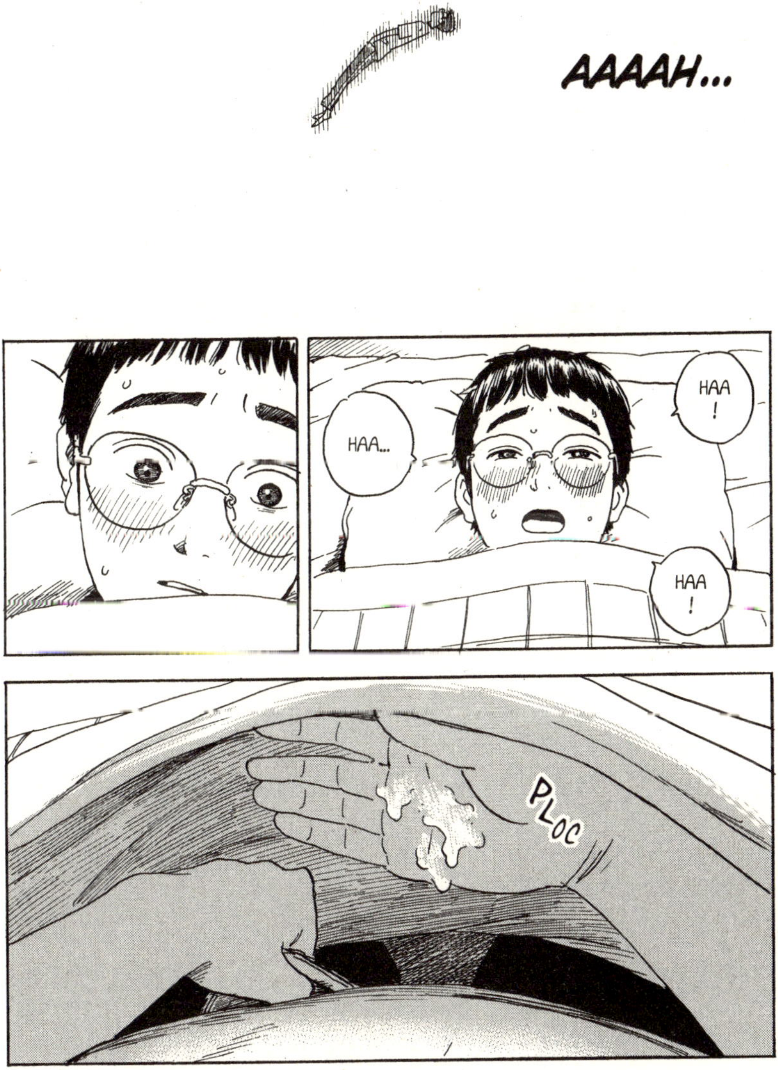
AAAAH...
HAA...
HAA !
HAA !
PLOC

AAAH !
POF
ガばっ
HAA !
HAA !
HAA !
HAA !
HAA...
BLA
ザワ
BLA
ザワ
BLA
ザワ
BLA
ザワ

BLA
BLA
BLA
BLA
BLA
YÔHEI !
SALUT !
KEI...
OUI ?

TU SAIS...
LE TRUC QUE TU M'AS APPRIS HIER...
OUI ?
BEN... J'AI ESSAYÉ...
ET JE CROIS QUE... J'AI FAIT SORTIR DU SPERME...
VRAIMENT ?
ET ÇA T'A FAIT QUEL EFFET ?
AH... ÇA...
C'ÉTAIT SUPER AGRÉABLE !
OH...
ET QUAND TU L'AS FAIT...
À QUOI TU AS PENSÉ ?
HEIN ?!

JE SUIS PAS OBLIGÉ DE TOUT TE DIRE !
HÉ ! HO ! ÇA VA...
HA HA HA HA
HMM...
MOI...
ET TOI, KEI ?
TU PENSES À QUOI QUAND TU LE FAIS ?
HÉ HÉ !
QUOI ?!
ÇA...
C'EST UN SECRET !

HAA
!
HAA
!
HAA
!
HAA
!
MITANI...
MITANI
MITANI...
MITANI...
YÔHEI
!

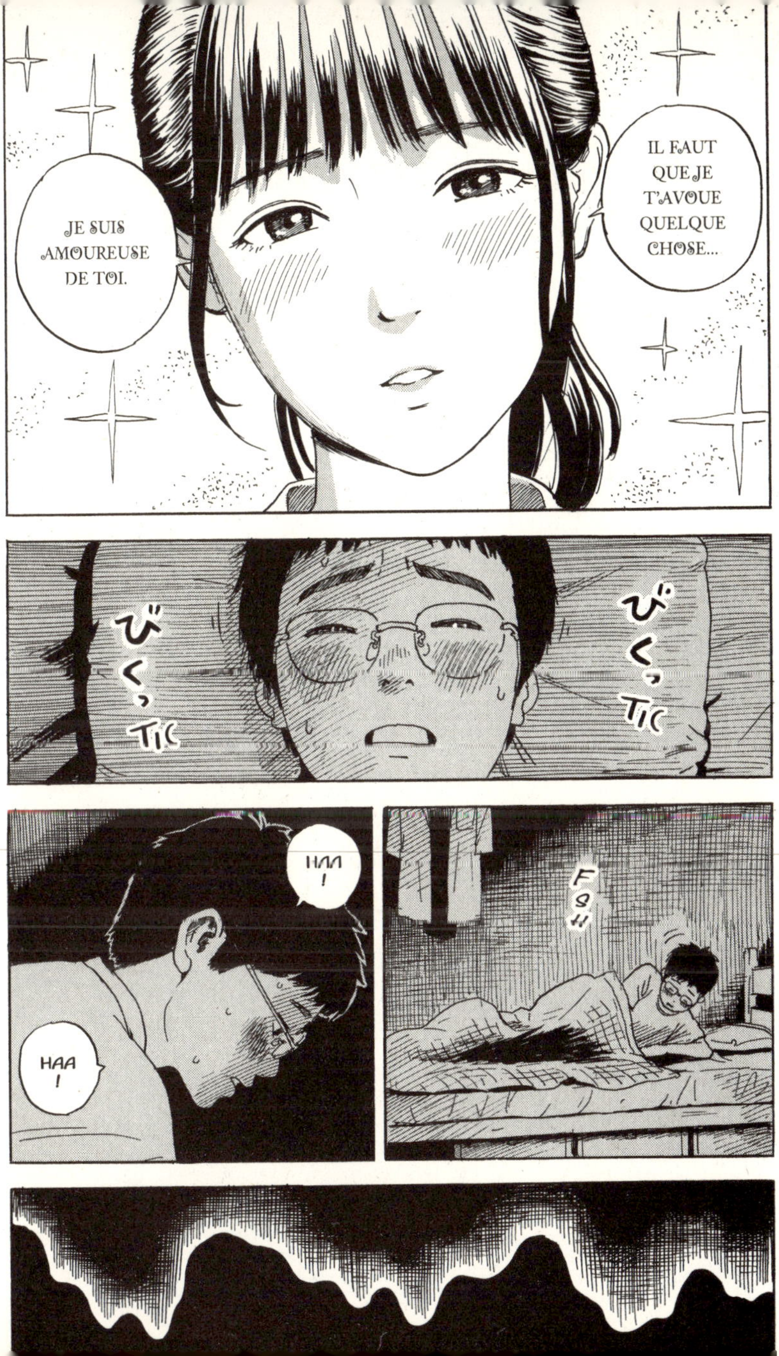
IL FAUT QUE JE T'AVOUE QUELQUE CHOSE...
JE SUIS AMOUREUSE DE TOI.
びくっ TIC
びくっ TIC
FS!!
HAA !
HAA !

CRi... CRi... CRi... CRi...
CRi CRi CRi
CRiiiiii
J'AI TROP LA DALLE...
ON VA BOUFFER ?
T'AS PAS VU KEI ?
JE CROIS QU'IL EST DÉJÀ PARTI...
...

CRI CRI CRI
AH...
QUEL IMBÉCILE... J'AI OUBLIÉ MON SAC À L'ÉCOLE...
PFFF...
JE SUIS À LA RA-MASSE...
FSH
FSH

HEIN ?
KEI...
J'AIMERAIS BIEN CONNAÎTRE TA RÉPONSE...
MA RÉPONSE ? À QUOI ?
JE T'AI DONNÉ UNE LETTRE...
TU NE L'AS PAS LUE ?
SI...

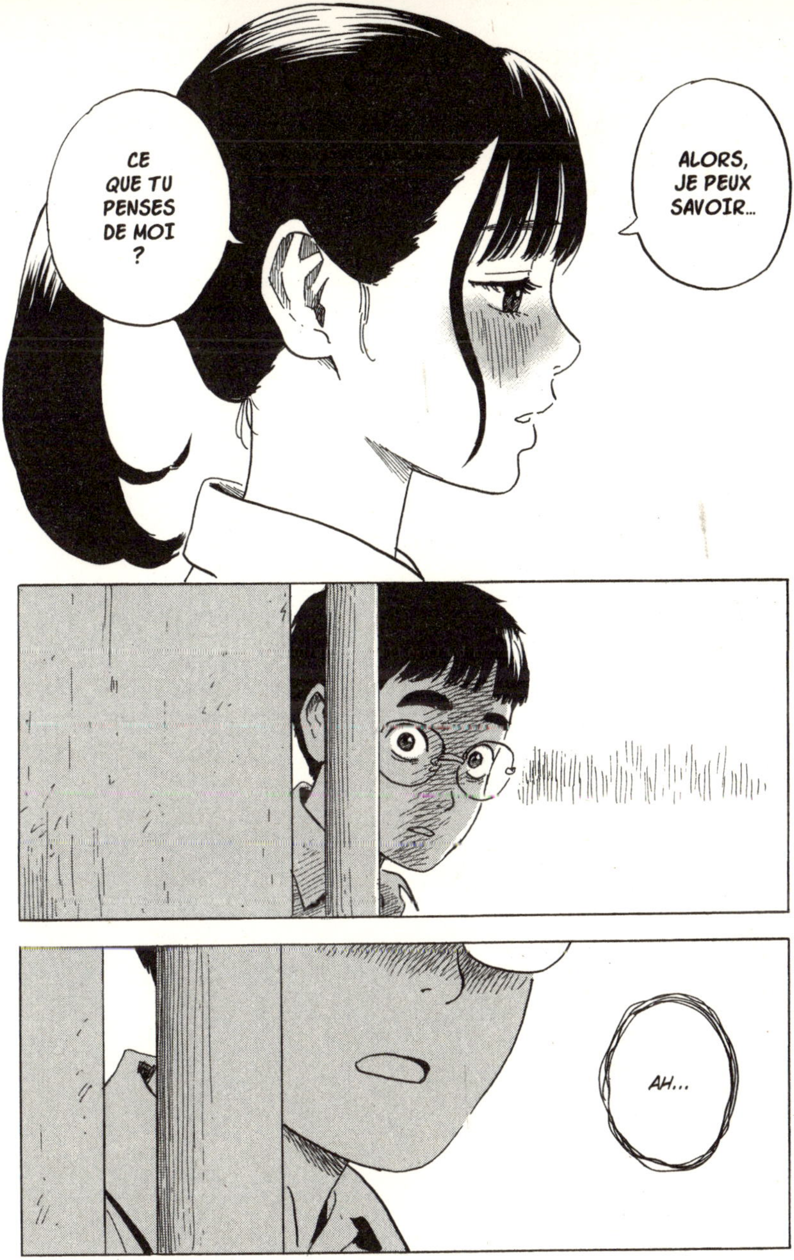
ALORS, JE PEUX SAVOIR...
CE QUE TU PENSES DE MOI ?
AH...

JE NE SUIS PAS SÛR...
TU PERMETS QUE JE VÉRIFIE ?
HEIN ?

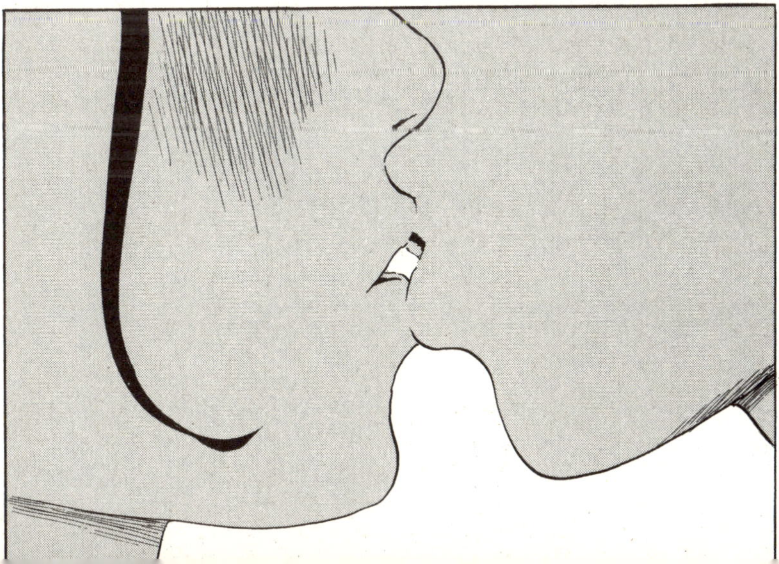

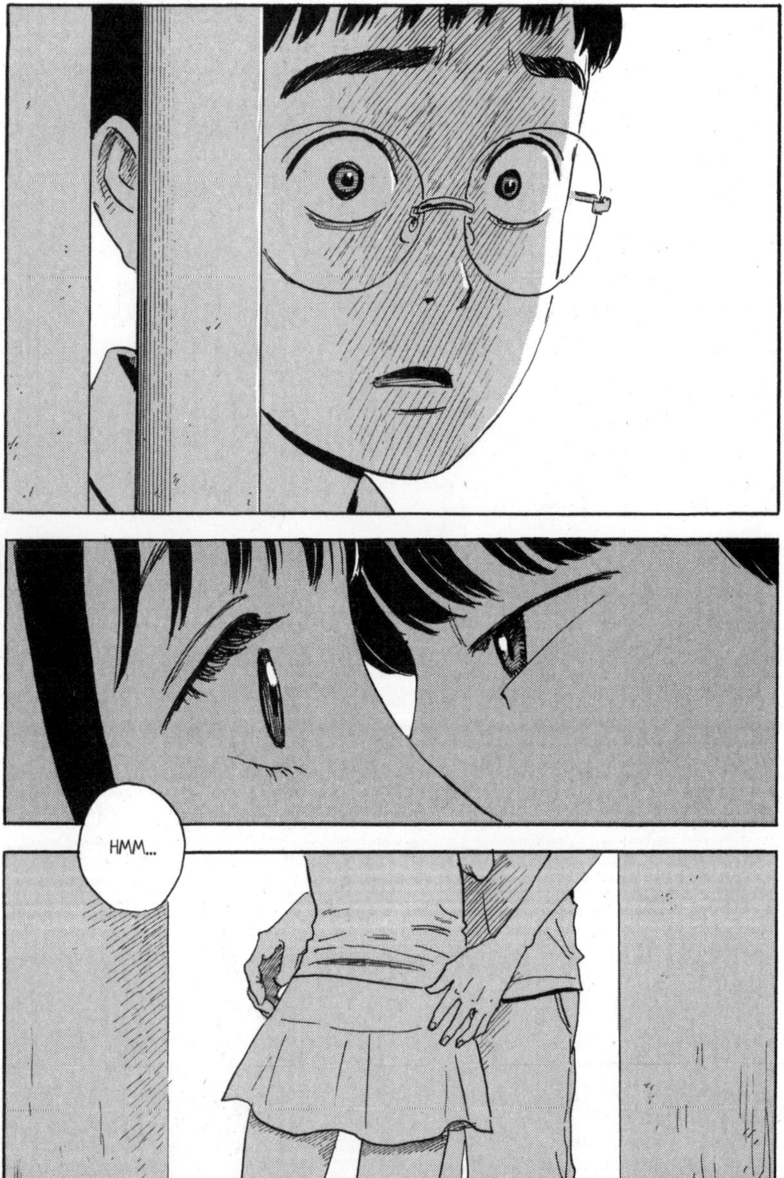
HMM...

HM...
HM...
HAAA !

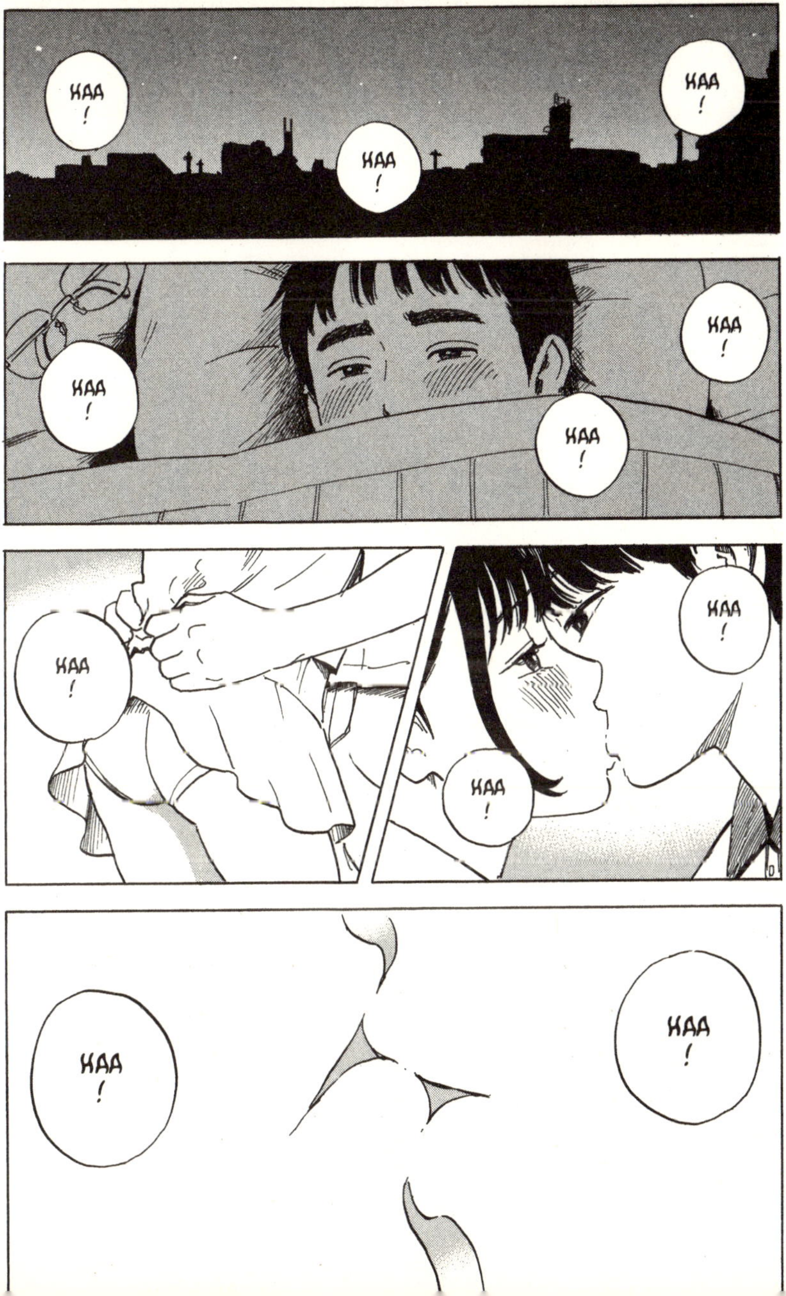
HAA !
HAA !
HAA !
HAA !
HAA !
HAA !
HAA !
HAA !
HAA !
HAA !
HAA !

UUH...
HAA !
CRI CRI...
CRIIIII
CRII CRIII CRIII
YÔHEI !

SALUT !
たっ TAP
AH... MAIS...
たっ TAP
たっ TAP
たっ TAP
パコーン PON
パコーン PON

パコーン
PON
RLL
RLL
RLL
TAP
TAP
TAP
たっ
TAP

AAAH...
QUELLE CHALEUR !
HOP !

PLOC
PFUUU...
UH...
YÔHEÏ ?!
TAP
TAP
TAP

YÔHEI !
ÇA VA ?!
JE T'AC-COMPAGNE À L'INFIR-MERIE !
UUH !
PAF
PFF...
UUH...

YÔHEI !
ON RENTRE ENSEMBLE ?

YÔ...
BLA
SALUT !
BLA
BLA
T'AS VACHEMENT BRONZÉ !
BLA
TU AS FINI TOUS LES DEVOIRS ?
OUAIS, PLUS OU MOINS...

ガラッ
CLANG
BONJOUR À TOUS !
ガタ
CLAC
ASSEYEZ-VOUS !
ガタッ
CLAC
J'ESPÈRE QUE VOUS AVEZ TOUS PASSÉ DE BONNES VACANCES D'ÉTÉ...

EN CE PREMIER JOUR DU DEUXIÈME TRIMESTRE...
JE DOIS VOUS ANNONCER UNE NOUVELLE UN PEU TRISTE...
À LA SUITE DE LA MUTATION PROFESSIONNELLE DE SON PÈRE...
VOTRE CAMARADE DE CLASSE KEI MUROTA A DÛ PARTIR S'INSTALLER À HOKKAIDO ET CHANGER DE COLLÈGE.
ÇA S'EST DÉCIDÉ SUBITEMENT ET JE N'AI PAS PU VOUS PRÉVENIR.
NOUS ALLONS DONC ÉCRIRE UNE LETTRE À KEI, TOUS ENSEMBLE...

KEI...

POUR MOI...
ÇA RESTE UN SOUVENIR TRÈS MARQUANT.

ANNÉE 20XX
CÉRÉMONIE DE RENTRÉE
LYCÉE IKEDERA
LYCÉE IKEDERA
ANNÉE 20XX
CÉRÉMONIE DE RENTRÉE
LYCÉE IKEDERA

CÉRÉMONIE DE RENTRÉE
LYCÉE IKEDERA
MITANI...

NÉE 20XX LYCÉE IKEDERA – CÉRÉMONIE DE RENTRÉE
CHERS ÉLÈVES...
SOYEZ LES BIENVENUS POUR CETTE NOUVELLE RENTRÉE !
CES TROIS PROCHAINES ANNÉES...
JOUERONT UN RÔLE PRIMORDIAL DANS VOTRE VIE.
LE CHAMP DES POSSIBILITÉS QUI S'OFFRE À VOUS EST IMMENSE !

MITANI...
MITANI MITANI...

KEI...

PEU APRÈS CET ÉVÉNEMENT, IL Y A TROIS ANS...
KEI A DÉMÉNAGÉ À HOKKAIDO...
ET JE N'AI PLUS OSÉ REPARLER À MITANI...

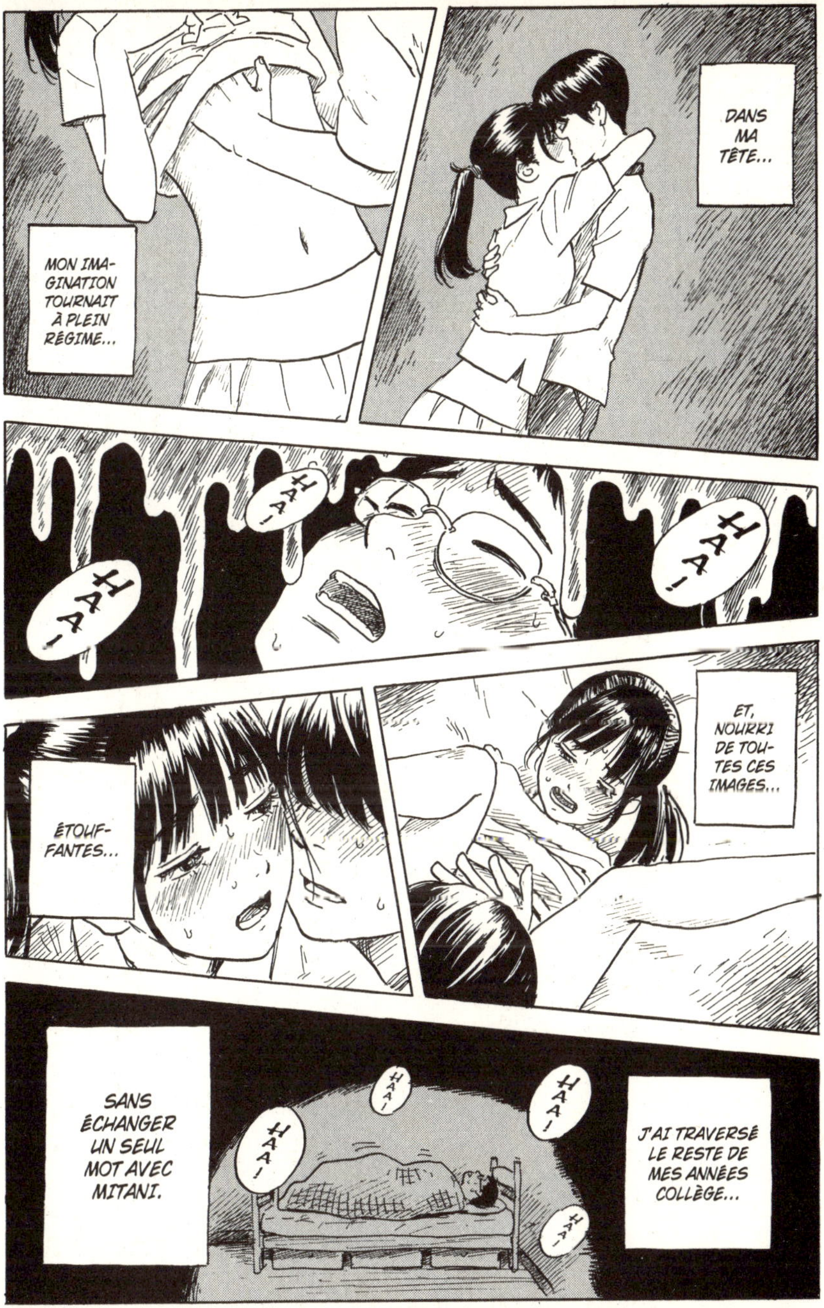
DANS MA TÊTE...
MON IMAGINATION TOURNAIT À PLEIN RÉGIME...
HAA!
HAA!
HAA!
ET, NOURRI DE TOUTES CES IMAGES...
ÉTOUFFANTES...
J'AI TRAVERSÉ LE RESTE DE MES ANNÉES COLLÈGE...
HAA!
HAA!
HAA!
HAA!
SANS ÉCHANGER UN SEUL MOT AVEC MITANI.

ÇA A ASSEZ DURÉ !
JE... JE VAIS CHANGER.
LES TROIS ANNÉES DE LYCÉE SONT CRUCIALES...
JE NE VAIS PAS LES GÂCHER...
JE RÉUSSIRAI...
À SORTIR AVEC ELLE !

IL LE FAUT ! JE SENS QUE C'EST CAPITAL...
POUR LE RESTE DE MON EXISTENCE !
BLA
BLA
BLA

...
GLOUPS
VAS-Y...
TU PEUX LE FAIRE !

EUH...
MITANI...

TU...
ENFIN... JE...
YÔHEI !
SALUT...
ON SE RETROUVE DANS LE MÊME LYCÉE !
AH...
OUI... EN EFFET !

ET DANS LA MÊME CLASSE !
ENCORE UNE FOIS !
OUi...
MES AMiS SONT TOUS DiS-PERSÉS DANS D'AUTRES CLASSES...
ET JE ME DiSAiS QUE ÇA ALLAiT ÊTRE UN PEU DUR, MAiS...
PUiSQUE TU ES LÀ, JE ME SENS DÉJÀ UN PEU MiEUX !
AH...
MOi AUSSi !

IL FAUT QU'ON SE SERRE LES COUDES...
AU LYCÉE !
OUI...
TU AS RAISON !

EXCUSE-MOI... JE DOIS ALLER AUX TOILETTES...
NE M'ATTENDS PAS POUR ALLER EN CLASSE.
AH... OUI...
BIEN SÛR !
À TOUT DE SUITE !
OUI...
D'ACCORD !

LA VIE...
EST FORMI-DABLE !
ZUT...
J'EN PLEURERAIS PRESQUE...
AAAH...

SALUT !

HEIN ?
EUH... BON-JOUR...
QUI EST-CE ? ELLE EST MIGNON-NE...
JE SUIS CONTENT...
ON EST DANS LA MÊME CLASSE.
"CONTENT" ?
AH... AH BON ?

TU AS VACHEMENT GRANDI...
ÇA TE DONNE UN AIR PLUS MÛR...
EUH...
PARDON ?
WAOUH...
JE... ON...
ON SE CONNAÎT ?
CETTE FILLE EST VRAIMENT MIGNONNE !

TU ES TOUJOURS AMOUREUX D'ELLE, HEIN ?
YUI MITANI.
HEIN ?
DE... DE QUOI TU PARLES ?

TU TE BRANLES TOUJOURS…
EN PENSANT À ELLE ?
…
QUOI ?!

BON...
JE CROIS QUE...
IL FAUT QUE J'Y AILLE !
BAM
POP
!
ALLONS-Y ENSEMBLE !

QUOI ?!
OÙ ÇA ?!
EN CLASSE, ÉVIDEMMENT !
NOTRE CLASSE !
ALLEZ ! NE TRAINONS PAS !
AH... MAIS...
2DE_A
BLA
BLA
CLANG

AH...
BLA
BLA
BLA
LÂCHE-MOI...
ALLONS DE CE CÔTÉ-LÀ.
MAIS... ATTENDS...

AH...
MITANI ! NON !
C'EST PAS CE QUE TU CROIS !
AH !

ストン
POF
ASSIEDS-TOI LÀ !
HÉ HÉ !
...
CLANG
ガラ
BONJOUR TOUT LE MONDE !

INSTALLEZ-VOUS OÙ VOUS VOULEZ, MAIS...
ASSEYEZ-VOUS !
CLANG
ガタ
ガタ
CLANG
ガタ
CLANG
BON !
CETTE ANNÉE, JE SERAI VOTRE PROFESSEUR PRINCIPAL...
ÔTSUKA
JE M'APPELLE TAKUMI ÔTSUKA.
J'AIME QUE MES CLASSES SOIENT VIVANTES ET DYNAMIQUES.

ZUT… MITANI VA SE FAIRE DES IDÉES !
ALORS QUE J'AVAIS ENFIN RÉUSSI À ME RAPPROCHER D'ELLE !
D'OÙ ELLE SORT…
CETTE FILLE ?
MAINTENANT…
JE VAIS VOUS DEMANDER DE VOUS PRÉSENTER…
LEVEZ-VOUS À TOUR DE RÔLE ET ADRESSEZ-VOUS À VOS CAMARADES.
DANS L'ORDRE ALPHABÉTIQUE… "ADACHI" !
OUI !
JE M'APPELLE SÔTA ADACHI !
BONJOUR TOUT LE MONDE !

HEIN ?
JE SUIS MAKOTO OGAWA...
À BIEN LA REGARDER...
SON VISAGE ME DIT QUELQUE CHOSE...
...
KAMEKAWA !
AH ! OUI ! PRÉSENT !
BONJOUR ! JE M'APPELLE YÔHEÏ KAME-KAWA !
ガタ
CLANG

YUI MITANI !
JE SUIS TRÈS CONTENTE D'ÊTRE PARMI VOUS.
CLANG
ガタ
AU SUIVANT !
MUROTA !
ガタッ
CLANG

JE M'APPELLE KEI MUROTA.

J'HABITAIS À TOKYO IL Y A QUELQUES ANNÉES, MAIS...
J'AI DÉMÉNAGÉ À HOKKAIDO EN CINQUIÈME... ET LÀ, JE SUIS DE RETOUR.
YÔHEI, MITANI ET MOI...
SOMMES AMIS D'ENFANCE.

JE SUIS…
JE SUIS NÉ GARÇON, MAIS…
J'AI ARRÊTÉ D'ÊTRE UN HOMME.

MERCI DE M'ACCUEILLIR PARMI VOUS...
ET DE NE PAS POSER DE QUESTIONS INDISCRÈTES.
QUOI ? C'EST UN GARÇON ?
C'EST BIEN CE QU'IL A DIT ?
REMARQUE, IL EST TRÈS MIGNON !
BLA
BLA
BLA
T'ES SÉRIEUSE, LÀ ?!
J'EN REVIENS PAS !

DU CALME, S'IL VOUS PLAÎT !
BLA
BLA
BLA
MUROTA A ÉTÉ AUTORISÉ À PORTER UN UNIFORME FÉMININ AU LYCÉE.
LA DIVERSITÉ DES GENRES EST AUJOURD'HUI ACCEPTÉE ET NOUS DEVONS RESPECTER SON CHOIX.
KEI...
C'EST TOI ?

YÔHEI...
JE VAIS T'APPRENDRE PLEIN DE CHOSES...

BIEN PLUS INTÉRES-SANTES QUE LA BRANLETTE !

JE SUIS DE RETOUR...
YÔHEI !

CHAPITRE 3
DEUX

ÇA, ALORS ! KEI, BRAVO !
TU ES VRAIMENT UN GARÇON ?!
CE QUE TU ES ADORABLE !
HMM ?
EH OUI !
MÊME TA VOIX EST SUPER JOLIE !
TU AS TOUJOURS ÉTÉ COMME ÇA ?

POUR MOI, C'EST CLAIREMENT UNE FILLE !
VAS-Y, TOI !
POURQUOI ? TU L'AS ENTENDU, C'EST UN GARÇON !
ET ALORS ? ELLE EST MIGNONNE, ON SE FICHE DU RESTE, NON ?
HA HA ! IMBÉCILE !
YÔHEI...

AH...
MITANI...
C'EST... C'EST VRAIMENT KEI ?
TU SAVAIS QU'IL REVENAIT DANS NOTRE ÉCOLE ?
NON...
PAS DU TOUT !
JE N'ÉTAIS...
AU COURANT DE RIEN.

COUCOU, YÔHEI !
JOUR
MOIS
ON RENTRE ?
OOOH !
POF
MAIS...
ARRÊTE !

SALUT, MITANI...
ÇA FAIT UN BAIL...
OUI...
EN EFFET...
BON...

ALLONS-Y !
POF
AH...
QUOI ?! MAIS...

BON...
MAINTENANT, TU VAS ME LÂCHER !
PAF
KEI...
ÉCOUTE...
J'AI PLEIN DE QUESTIONS À TE POSER...
YÔHEI...
JE SUIS VENU SEUL.

J'HABITE SEUL ICI.
MES PARENTS SONT RESTÉS À HOK-KAIDO.
J'AI EMMÉNAGÉ HIER ET J'AI ENCORE PLEIN D'AFFAIRES À RANGER.
SI TU N'AS RIEN DE PRÉVU AUJOUR-D'HUI...
TU POURRAIS PEUT-ÊTRE M'AIDER ?
HEIN ?
MON APPART EST À DEUX PAS D'ICI...
ALORS ? C'EST OUI ?

ATTENDS UN PEU !
AVANT ÇA, J'AIMERAIS BIEN AVOIR QUELQUES RÉPONSES...
ALLONS-Y !
MAIS...
ガチャ
CLAC

ENTRE, JE T'EN PRIE !
TU HABITES SEUL...
ICI ?
OUI, ET ALORS ?
BON, COMMENÇONS PAR CE COIN-LÀ !

POF
CEUX-LÀ VONT DANS LE PLACARD, SUR DES CINTRES !
...
CLAC
APRÈS, ON POURRAIT JOUER AUX JEUX VIDÉO, NON ?
ÇA FAIT SI LONG-TEMPS !
DIS...
QU'EST-CE QUI T'EST ARRIVÉ ?

À HOK-KAIDO...
CES DERNIÈRES ANNÉES...
HMM ?
POUR-QUOI...
TU PORTES DES VÊTE-MENTS DE FILLE ?
TU T'HA-BILLES...
TOU-JOURS COMME ÇA ?
JE NE DEVRAIS PAS ?

NON...
C'EST PAS CE QUE JE VEUX DIRE, MAIS...
TU M'AS ENTEN-DU...
J'AI ARRÊTÉ D'ÊTRE UN GARÇON.
OUI, C'EST CE QUE TU AS DIT...
QU'EST-CE QUE ÇA SIGNIFIE ?
"LES GARÇONS SONT COMME ÇA !", "LES GARÇONS NE FONT PAS ÇA !"...
MOI, JE NE ME SUIS JAMAIS RECONNU LÀ-DEDANS.
POUR DIRE LES CHOSES PLUS SIM-PLEMENT...

CETTE APPARENCE-LÀ ME CONVIENT MIEUX.
C'EST TOUT.
QU'EN PENSES-TU ? ÇA ME VA BIEN ?
LEQUEL PRÉFÈRES-TU ?
LE KEI D'AVANT OU CELUI DE MAINTENANT ?
J'EN SAIS RIEN...
MOI, TOUT ÇA...

ÉCOUTE...
EST-CE QUE...
TU M'AS TROUVÉ "MIGNONNE" ?
OUI, J'EN SUIS SÛR.
PAS...
PAS DU TOUT !
AH BON ?
OK, JE VOIS...

MITANI...
C'EST ELLE QUE TU AS ENVIE DE BAISER...
ARRÊTE !
TU ES TROP VULGAIRE !
NE PARLE PAS D'ELLE COMME ÇA !
POURQUOI ?
TU TE BRANLES EN PENSANT À ELLE, NON ?
ET TU AS DÛ FAIRE ÇA TRÈS SOUVENT...
FST
N'EST-CE PAS ?

JE TE DIS D'ARRÊTER !
BAM
SI TU CONTI-NUES À TE MOQUER DE MOI...
JE M'EN VAIS !
OH, ÇA VA ! PARDON !
IL FAUT DIRE QUE TA RÉAC-TION EST TELLEMENT MARRANTE !
...
HA HA HA !
BON SANG...
À QUOI IL JOUE ?

ET CET ESPÈCE DE MALAISE...
C'EST QUOI ?!
C'EST LUI ?
C'EST VRAIMENT KEI ?
IL EST MÉCONNAISSABLE...
PHYSIQUEMENT... MENTALEMENT AUSSI...
YÔHEI...
QUOI, ENCORE ?
TU SAIS...

SI JE SUIS REVENU ICI...
C'EST POUR FRÉQUENTER LE MÊME LYCÉE QUE TOI.
J'AI TOUJOURS PENSÉ...
QU'ON DEVAIT SE RÉCONCILIER...
J'AI LE SENTIMENT...
QUE C'EST INDISPENSABLE.

SI TU ES TOUJOURS AMOUREUX DE MITANI...
JE SUIS PRÊT À T'AIDER.
NOUS SERONS DE NOUVEAU TOUS LES TROIS RÉUNIS.
NE T'EN FAIS PAS.
JE M'OCCUPE DE TOUT.
COMMENT ÇA ?
QU'EST-CE QUE TU VEUX DIRE ?

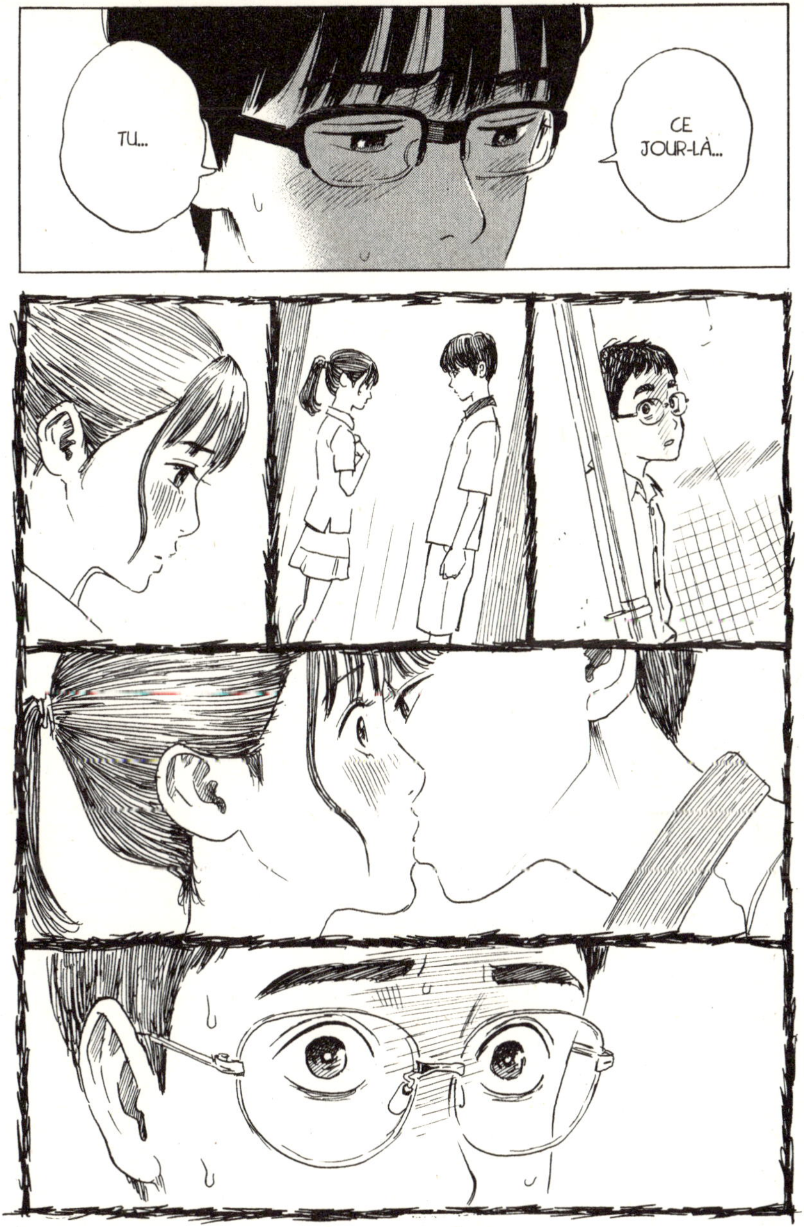
CE
JOUR-LÀ...
TU...

MITANI...
C'EST TOI QU'ELLE AIMAIT, NON ?
À CE MOMENT-LÀ...
ELLE ET TOI...
DE QUOI PARLES-TU ?
...
AH...

ÇA ?

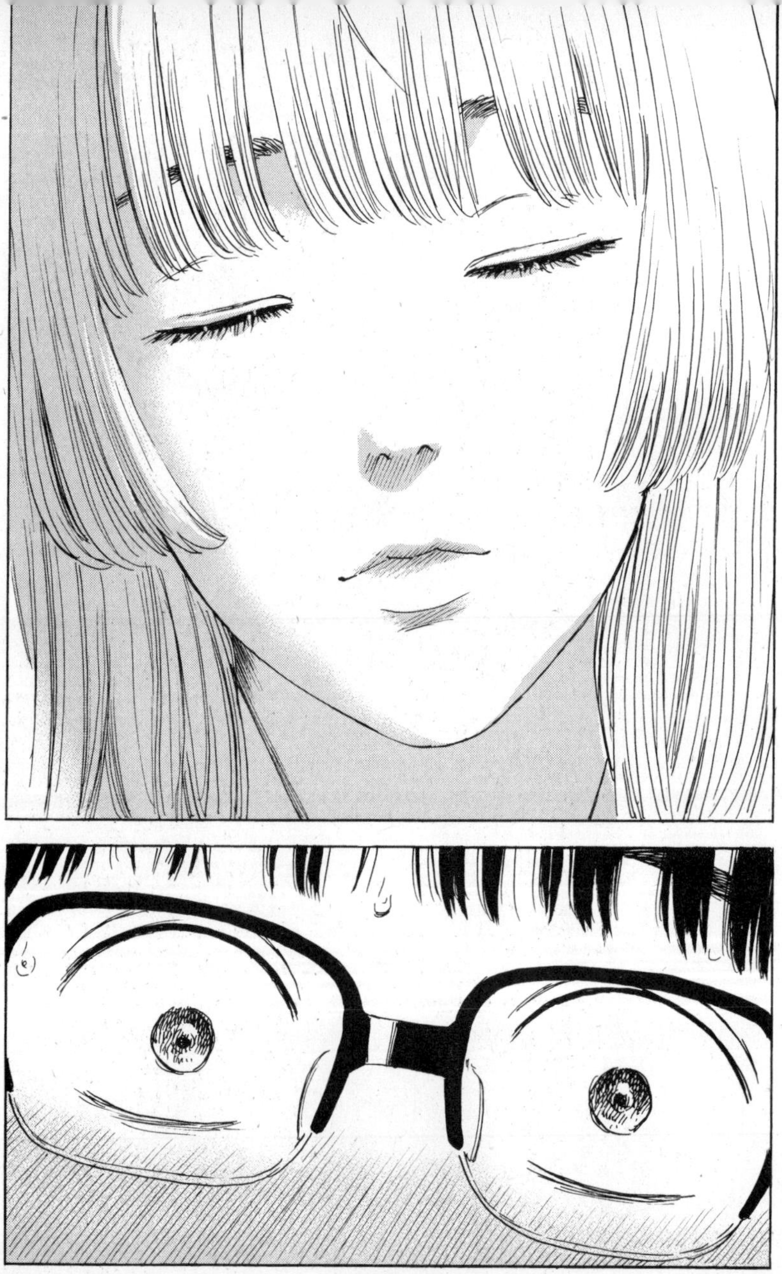

SMACK

DOM
TAP
TAP

ガチャッ
CLAC
HAA!
カン
TAP
カン
TAP
カン
TAP
HAA!
YÔHEI !

À DEMAIN…
AU LYCÉE !

TAP
TAP
TAP

CHAPITRE 4 – POURQUOI ?

COUÇOU !

AH...
TAP
TAP
TAP
BLA
BLA
BLA
BLA
BEN ALORS ?
TU POURRAIS AU MOINS ME DIRE BONJOUR !

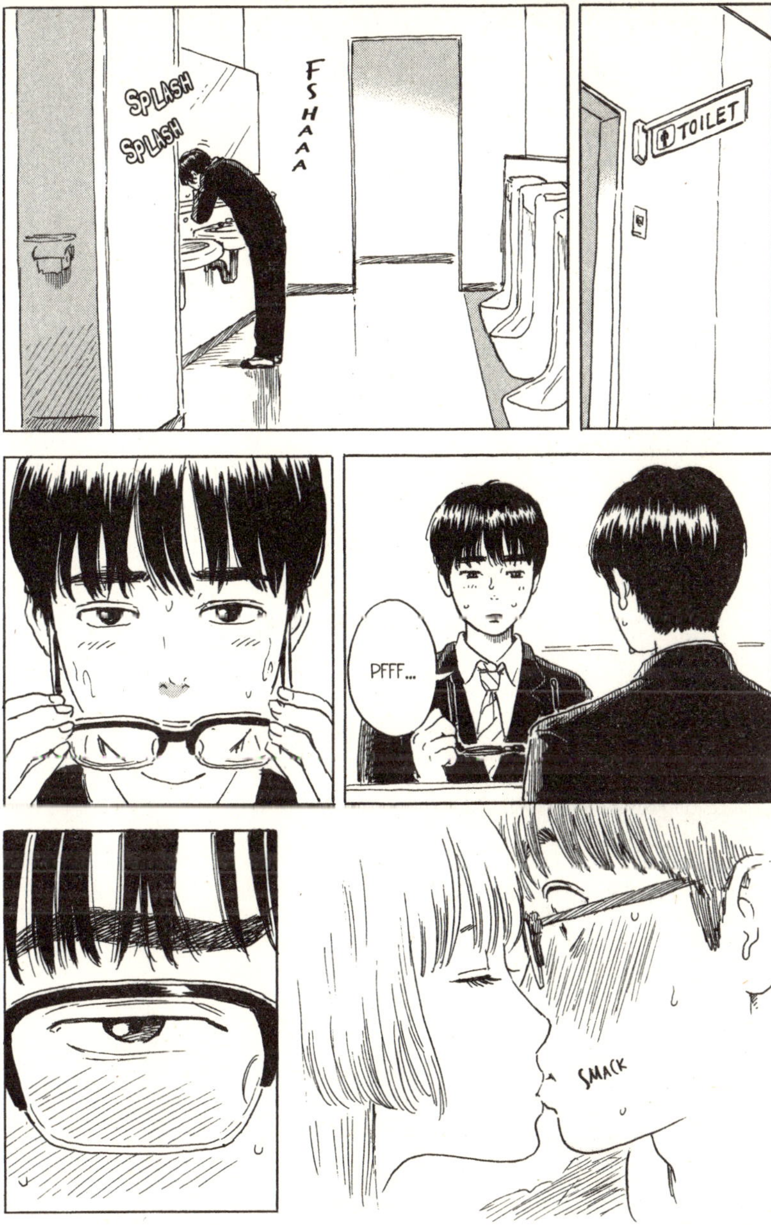
SPLASH
SPLASH
FSHAAAA
TOILET
PFFF...
SMACK

HÉ ! TOI !
HEIN ?!
KEI MUROTA...
C'EST UN DE TES AMIS D'ENFANCE ?
OUI...
POURQUOI ?
C'EST VRAIMENT UN MEC ?
FRANCHEMENT, J'AI DE GROS DOUTES, MOI !

SÉRIEUX ?! POUAH ! LA DÉCEPTION !
LE JOUR DE LA RENTRÉE, J'AI CRU QUE C'ÉTAIT UNE FILLE, ET J'AI CARRÉMENT FLASHÉ SUR LUI !
C'EST BIEN UN GARÇON...
JE TE LE CONFIRME...
C'EST PEUT-ÊTRE UN AVANTAGE...
IL N'A PAS LE CÔTÉ COMPLIQUÉ D'UNE FILLE...
ET IL SAIT CE QU'UN GARÇON VEUT...
ATTENDS... D'UN AUTRE CÔTÉ...
PHYSIQUEMENT, IL N'Y A RIEN À DIRE ! C'EST LE MÉLANGE PARFAIT !
TU DÉBLOQUES, OU QUOI ? MOI, J'AI AUCUNE ENVIE DE SORTIR AVEC UN MEC !
...
PFFF...

EXCUSE-LES...
ILS ONT UN NIVEAU DE RÉFLEXION PROCHE DU NÉANT !
HÉ ! HO !
NON, MAIS TU NOUS INSULTES CARRÉMENT !
AH... C'EST RIEN...
HA HA...
MOI, C'EST KURIHARA...
LUI, C'EST KANEKO...
ET L'AUTRE, ADACHI.
HEUREUX DE TE CONNAÎTRE.
MOI AUSSI...
JE M'APPELLE YÔHEI KAMEKAWA.

FAIS UN PEU ATTENTION À CE QUE TU DIS ! MUROTA S'HABILLE COMME UNE FILLE, MAIS...
C'EST PAS UNE RAISON POUR PARLER DE LUI COMME ÇA !
PFFF ! MOI, IL M'ÉNERVE...
SI VOUS VOULEZ MON AVIS...
S'IL A L'APPARENCE D'UNE FILLE, MAIS L'ESPRIT D'UN GARÇON...
JE SUIS SÛR QUE C'EST UN OBSÉDÉ !
ARRÊTE ! ÇA, C'EST UN PRÉJUGÉ !
...
QU'EN DIS TU, KAMEKAWA ?
MUROTA EST TRÈS PORTÉ SUR LA CHOSE, NON ?
HEIN ?

NON...
JE CROIS PAS... ENFIN...
MOI, JE CROIS QUE SI !

JE PEUX PASSER ?

HEIN ?
AH...
TAP
スタ
スタ
TAP

ち
FSHOOO
ち
FSHOOO
ゴバ
FROSH
ジャ
FSHAAA

UN PROBLÈME ?
EUH... NON, MAIS...
TU... TU UTILISES...
LES TOI-LETTES DES HOMMES...

YÔHEI !
VIENS !
MOI ? POURQUOI ?!
TAP
TAP
MAIS...
TAP
TAP
AH, D'ACCORD...
HEIN ? VAS-Y, DÉVELOPPE...

2DE — A
BLA
BLA
AH BON ?
VOUS VOUS CONNAISSEZ DEPUIS SI LONGTEMPS QUE ÇA ?
BLA
BLA
OUI...
ON ÉTAIT ENSEMBLE EN MATERNELLE...
C'ÉTAIT UN GARÇON COMME LES AUTRES, N'EST-CE PAS ?
ON A CE GENRE DE CAS DANS NOTRE CLASSE, POUR DE VRAI... C'EST DINGUE...
N'EMPÊCHE, IL EST SUPER MIGNON...
À VUE D'ŒIL, C'EST UNE FILLE, AUCUN DOUTE !
J'AIMERAIS BIEN DEVENIR AMIE AVEC LUI !

MITA-NIII !
AAAH !
HÉ !
ÇA VA PAS, NON ?!
AH... KEI...
C'EST TOI...
DIS, MITANI...
JE ME DISAIS QU'APRÈS LES COURS...

ON POURRAIT FÊTER NOS RETROUVAILLES...
TOUS LES TROIS, AVEC YÔHEI !
HEIN ?
ALORS ?
BONNE IDÉE, NON ?
...
...
JE NE SAIS PAS TROP...

!
ON PEUT VENIR, NOUS AUSSI ?
DITES !
ET POURQUOI PAS ?
OUAH ! TA PEAU EST SPLENDIDE !
...
POURQUOI ?
ELLE A RAISON !
QUELLE CRÈME TU UTILISES ?

AUJOUR-D'HUI, J'AI ENVIE D'ÊTRE AVEC MES DEUX AMIS...
ET JUSTE EUX.
ENSUITE, J'AI ARRÊTÉ D'ÊTRE UN GARÇON, MAIS...
JE NE SOUHAITE PAS DEVENIR UNE FILLE POUR AUTANT.

AH BON ? J'AI UN PEU DE MAL À TE SUIVRE...
ENFIN, TANT PIS POUR AUJOURD'HUI ! CE N'EST QUE PARTIE REMISE, HEIN ?
YÔHEI ! MITANI !
RENDEZ-VOUS APRÈS LES COURS !
...
QUOI ?

DES COLAS, ÇA VOUS VA ?
OUI... MERCI...

TIENS, MITANI !
MERCI !
ET POUR TOI, YÔHEI.
AH...
ME... MERCI !
BON...
ON TRINQUE ?

ALLEZ !
À NOS RETROUVAILLES...
À NOS RETROUVAILLES !
OUI...
チン
TING

HAAA...
...
EUH... MITANI...
ÇA... ÇA FAIT LONG-TEMPS...
QU'ON NE S'ÉTAIT PAS RETROU-VÉS TOUS LES TROIS, COMME ÇA...
VOUS VOUS SOUVE-NEZ ? À L'ÉCOLE PRIMAIRE...
ON JOUAIT SOUVENT ENSEMBLE...
...
ET...

...
MITANI
?
PLOC

ÇA... ÇA VA ?!
JE SUIS DÉSOLÉ !
J'AI DIT UN TRUC QU'IL NE FALLAIT PAS ?!
FRSH FRSH
...
AH... ALORS...
TU AS MAL QUELQUE PART ?!
MITANI !

SI TU AS QUELQUE CHOSE À DIRE...
VAS-Y, NE TE GÊNE PAS.
KEI ! ENFIN !
MAIS...
POURQUOI ?

POUR-QUOI...
TU ES DEVENU COMME ÇA ?
KEI...
TU ÉTAIS BEAU... TU AVAIS TOUT POUR TOI...
ALORS...
POUR-QUOI ?

!
MITANI...
TU VEUX VRAIMENT LE SAVOIR ?

DANS CE CAS...
CARESSE MA PEAU.

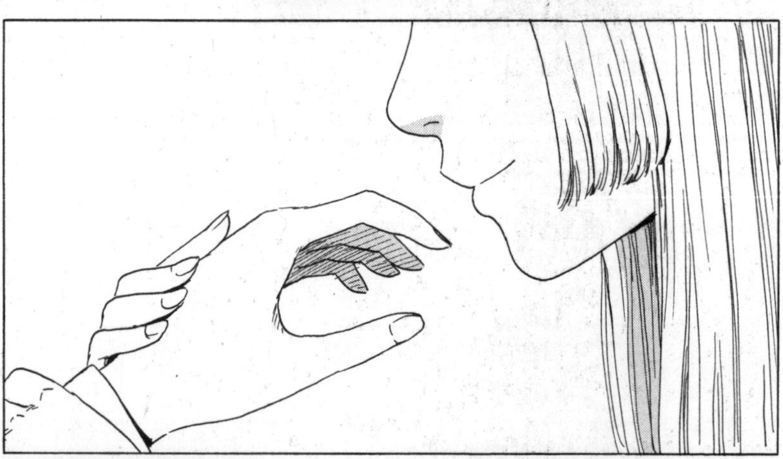

CHAPITRE 5 – CONTACT

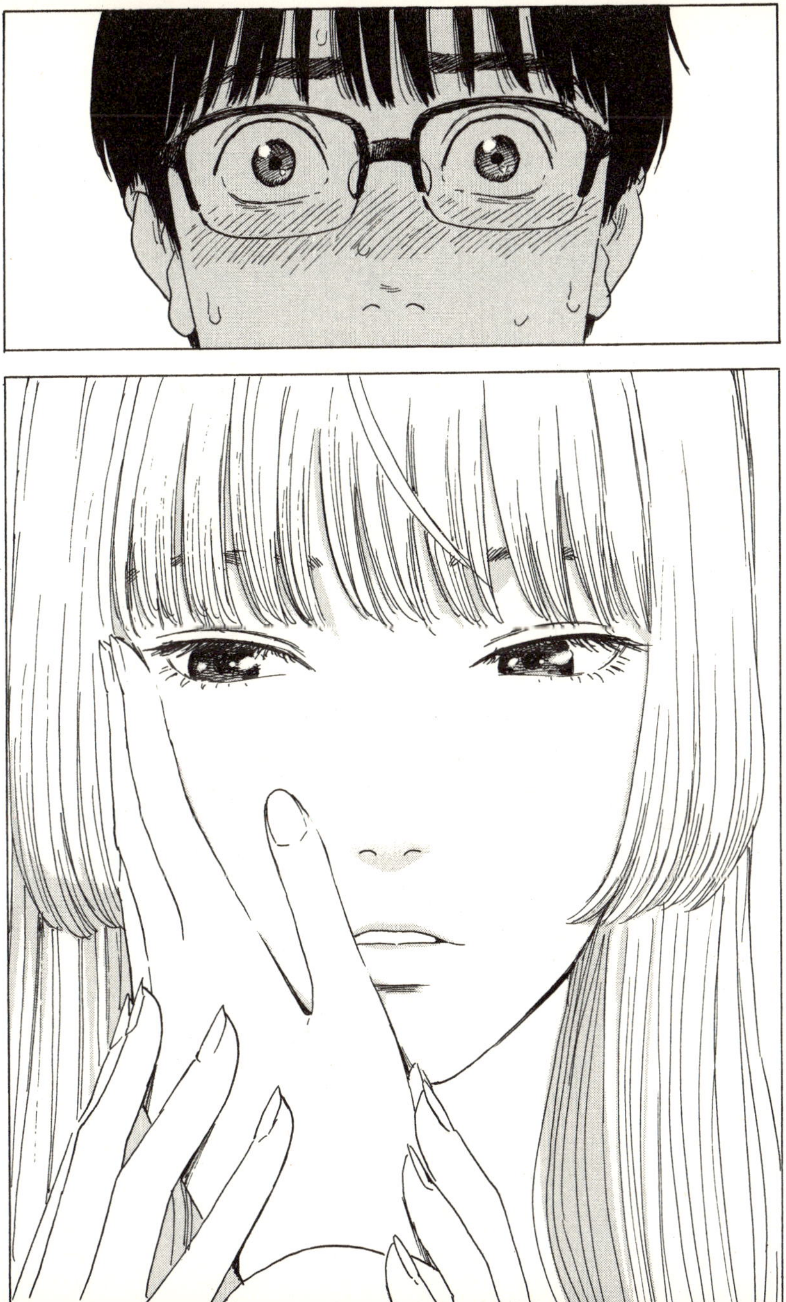

ALORS ?
QU'EN DIS-TU ?

MAIS... KEI...
QU'EST-CE QUE TU FAIS ?
LORSQUE TES DOIGTS TOUCHENT MA PEAU...
TON CORPS... QUE TE DIT-IL ?
BEN...
JE...
JE N'EN SAIS RIEN...

MITANI...
TOUT À L'HEURE, TU M'AS DEMANDÉ...

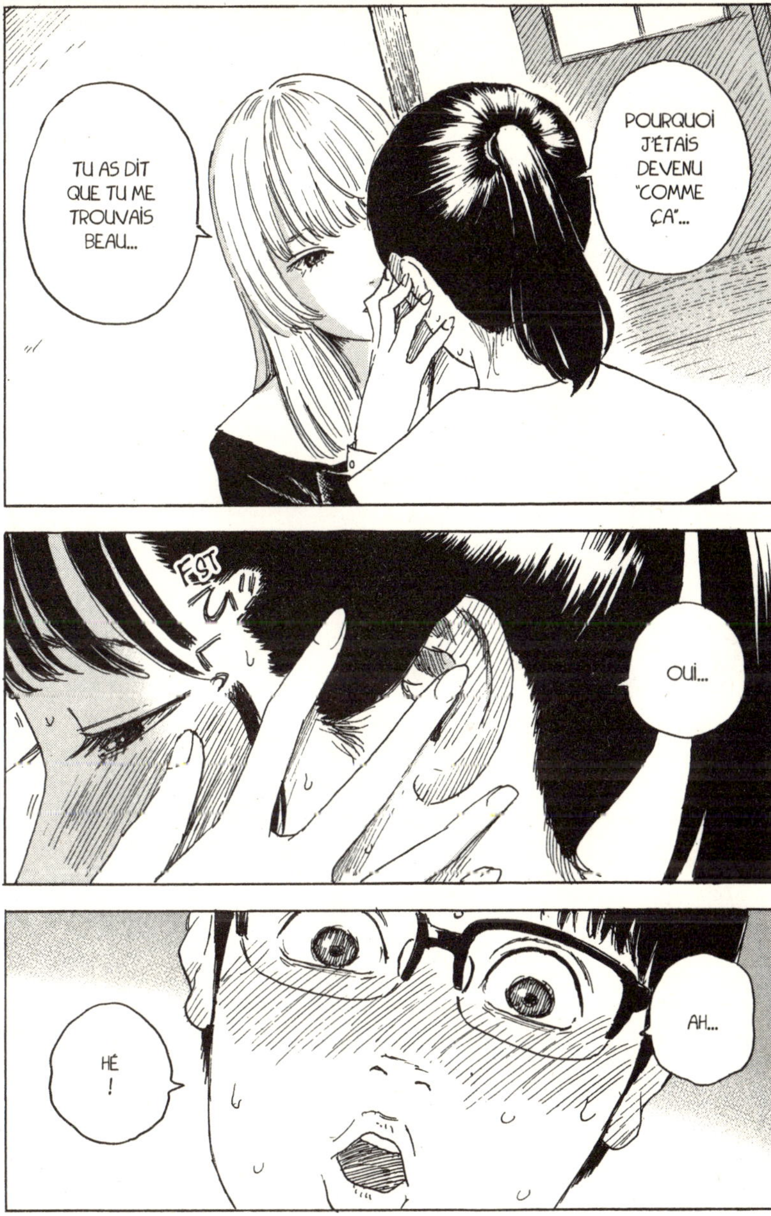
POURQUOI J'ÉTAIS DEVENU "COMME ÇA"...
TU AS DIT QUE TU ME TROUVAIS BEAU...
FST
OUI...
AH...
HÉ !

MAIS "ÇA", CE N'ÉTAIT PAS MOI...
JE ME PRÉFÈRE LARGEMENT TEL QUE JE SUIS...
MAIN-TENANT.

KEI
!
BAM !

HAA !
HAA !
HAA !
YÔHEI...
POURQUOI TU TE FÂCHES ?

PFFF !
PFFF...
À TON AVIS ?!
LAISSE MITANI TRAN-QUILLE !

!
AH... JE VOIS...
TU AS PEUR...
QUE JE LA SOUILLE ?

C'ÉTAIT PAREIL, CE JOUR-LÀ !
TU N'AS PAS CHANGÉ...
HÉ HÉ !

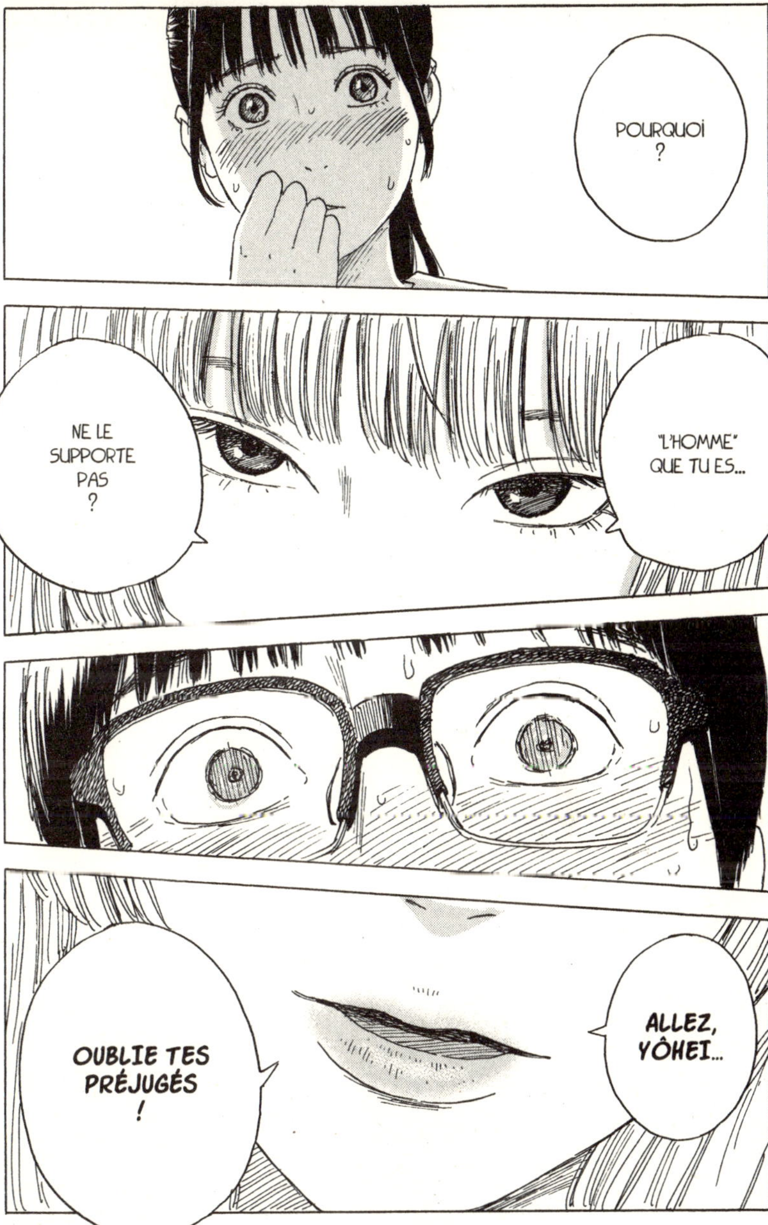
POURQUOI ?
"L'HOMME" QUE TU ES...
NE LE SUPPORTE PAS ?
ALLEZ, YÔHEI...
OUBLIE TES PRÉJUGÉS !

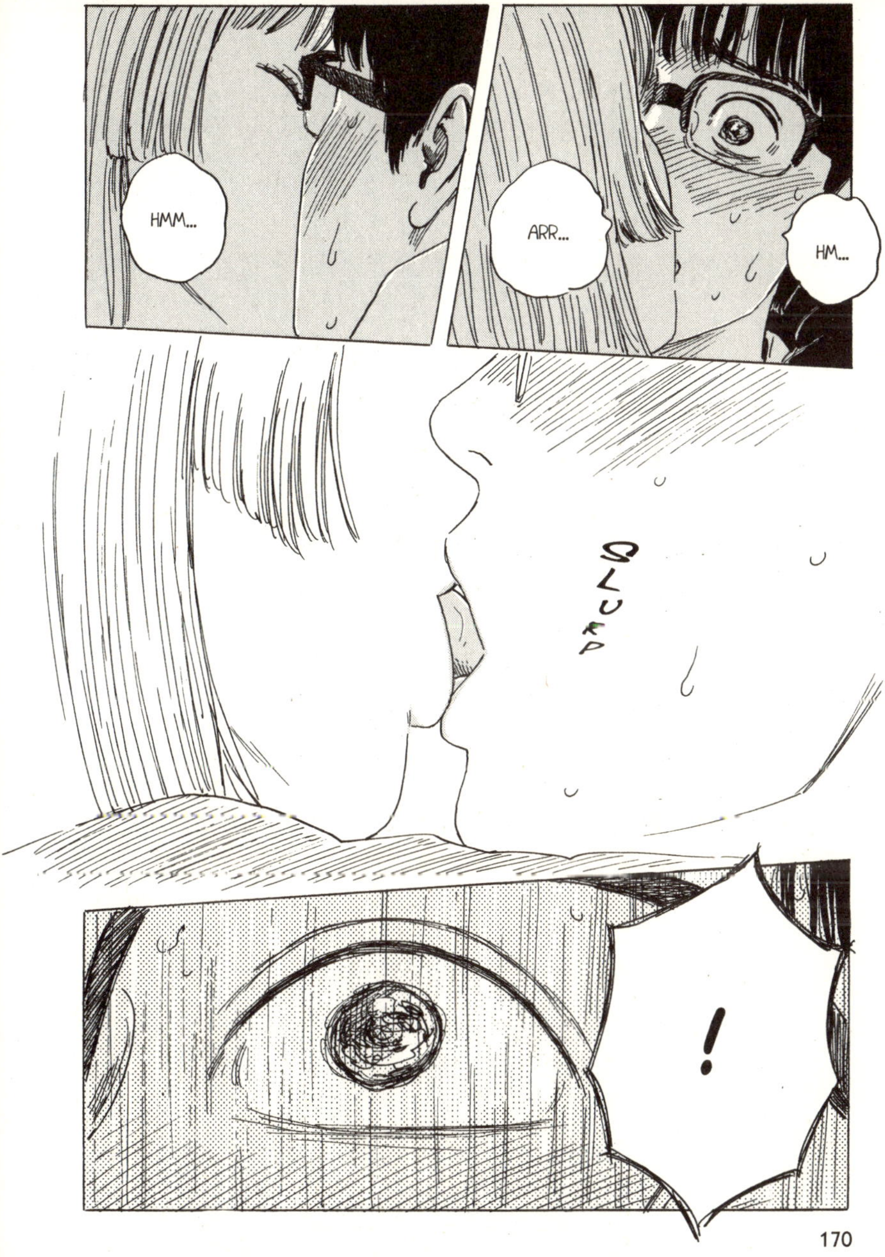
HM...
ARR...
HMM...
SLURP
!

HM...
HM...
SLURP
SLURP
SLURP

ちゅぷ
SLURP
ちゃ
SLURP
れる
ぷ
ちゅくろ
SLURP
AAH...
AH...
HAA...

AAAH...

HAA...
HAA...
HAA
HAA...
HAA...

HÉ HÉ !
TU BANDES ?
FSHOOO

JE...
JE M'EN VAIS.
AU REVOIR !
TAP
TAP
TAP
CLAC
VLAM

MAIS...
MITANI !
LÂCHE-MOI, KEI !
FRSH
TAP
TAP
MITANI !

TAP
TAP
TAP
MITANI...
!
MITANI
!
NON, ATT...
ATTENDS
!

ÇA VA ?! ÉCOUTE...
MOI... JE... JE NE VOULAIS PAS...
SI JE SUIS VENU...
C'ÉTAIT POUR ÊTRE AVEC TOI...
MAIS... KEI... LUI...
TAP

ぽふっ POF
ぽふっ POF
ぽふ POF
AÏE...
HEIN ?

ぎゅ
GRIP
EUH...
MITANI ?
JE NE SAIS PAS POURQUOI...
C'EST TRÈS ÉTRANGE...

ÇA...
ÇA M'AGACE...

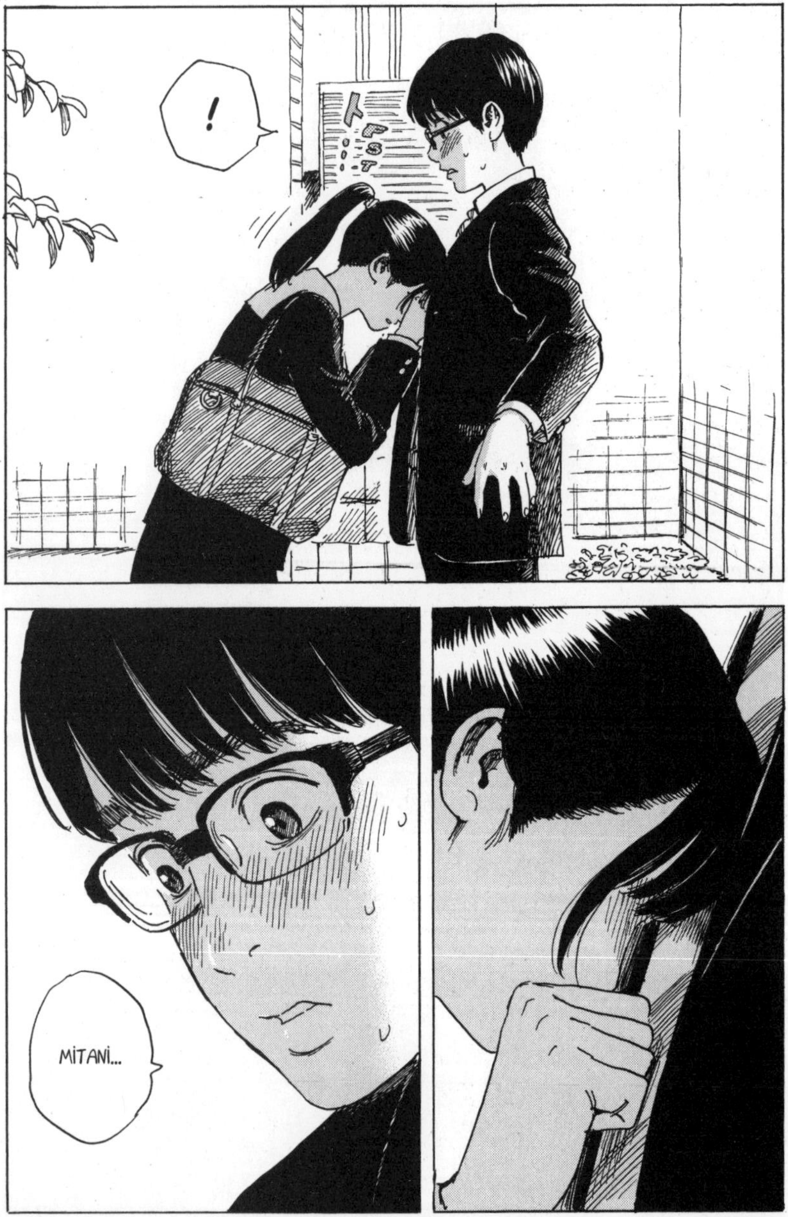
!
MITANI...

À SUIVRE...

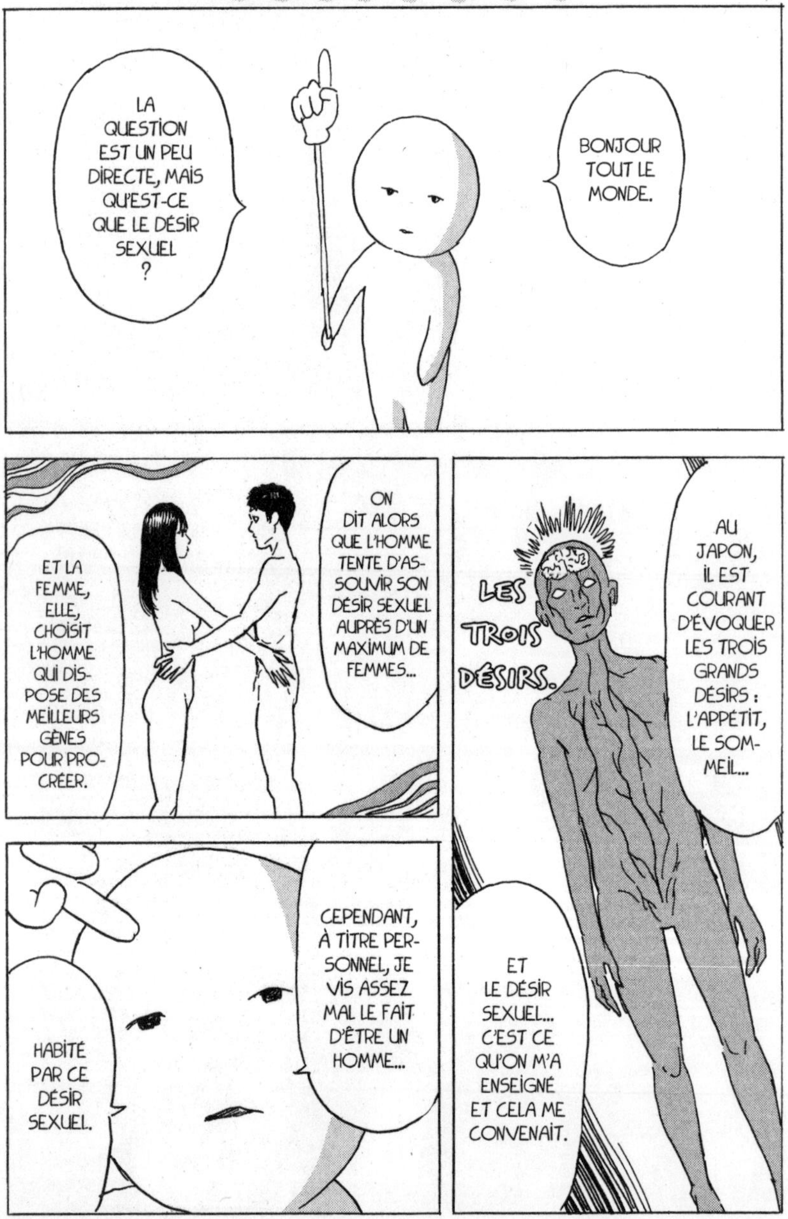
BONJOUR TOUT LE MONDE.
LA QUESTION EST UN PEU DIRECTE, MAIS QU'EST-CE QUE LE DÉSIR SEXUEL ?
AU JAPON, IL EST COURANT D'ÉVOQUER LES TROIS GRANDS DÉSIRS : L'APPÉTIT, LE SOMMEIL...
LES TROIS DÉSIRS.
ET LE DÉSIR SEXUEL... C'EST CE QU'ON M'A ENSEIGNÉ ET CELA ME CONVENAIT.
ON DIT ALORS QUE L'HOMME TENTE D'ASSOUVIR SON DÉSIR SEXUEL AUPRÈS D'UN MAXIMUM DE FEMMES...
ET LA FEMME, ELLE, CHOISIT L'HOMME QUI DISPOSE DES MEILLEURS GÈNES POUR PROCRÉER.
CEPENDANT, À TITRE PERSONNEL, JE VIS ASSEZ MAL LE FAIT D'ÊTRE UN HOMME...
HABITÉ PAR CE DÉSIR SEXUEL.

JE VIS DANS UNE SOCIÉTÉ OÙ, PAR PRINCIPE, TOUS LES HOMMES ÉPROUVENT DU DÉSIR SEXUEL.
CEUX POUR QUI CE N'EST PAS LE CAS SONT DÉCONSIDÉRÉS.
ON LES QUALIFIE "D'HERBIVORES", ON MET EN DOUTE LEUR VIRILITÉ...
ET MÊME SI PERSONNE NE ME DIT RIEN, AU FOND DE MOI, J'ENTENDS CETTE VOIX VIRILE ME DIRE...
"TU N'ES PAS UN HOMME" !
EN TOUTE FRANCHISE, J'AI LU DE NOMBREUX MANGAS ÉROTIQUES, VU BEAUCOUP DE FILMS PORNO...
ET J'AI TOUJOURS ÉPROUVÉ UNE FORME D'ADMIRATION POUR CES HOMMES REMPLIS DE DÉSIRS...
CAPABLES D'AVOIR DES ÉRECTIONS SUR COMMANDE, DE FAIRE L'AMOUR AVEC VIGUEUR EN FAISANT JOUIR LES FEMMES.
D'UN AUTRE CÔTÉ, JE NE PEUX PAS ÊTRE COMME EUX, JE NE PEUX PAS RIVALISER.

BIEN QUE JE SACHE PERTINEMMENT QUE CE N'EST QUE LE FRUIT DE MON IMAGINATION.
L'IMAGE QUE J'AI DE MOI RESTE ET RESTERA TOUJOURS LA MÊME.
UN MINABLE, DÉGOUTANT, IMPUISSANT, QUI ÉJACULE MAL... UN HOMME IMPARFAIT.
UN ÊTRE QUI CRAINT LE SEXE ET LA VIOLENCE.
"SI SEULEMENT JE POUVAIS ÊTRE UNE FILLE"... C'EST LE GENRE DE PENSÉE QU'IL M'EST ARRIVÉ D'AVOIR...
MAIS CE N'ÉTAIT QU'UNE FUITE EN AVANT QUI FAISAIT ABSTRACTION DE LA PERSONNALITÉ DES FEMMES.
REGARDER SANS DÉTOUR L'HOMME QU'ON EST, ET FAIRE FACE À SON DÉSIR SEXUEL POUR MIEUX LE COMPRENDRE.
VOILÀ CE QUE J'AIMERAIS ESSAYER DE FAIRE À TRAVERS CE MANGA.
FIN.

Titre original :
OKAERI ALICE, vol 1

First published in Japan in 2020
by Kodansha Ltd., Tokyo.
Publication rights for this French edition
arranged through Kodansha Ltd., Tokyo.

KODANSHA

Traduction du japonais : Thibaud Desbief
Adaptation graphique : CréaSpot Ltd
Logo français de la série : Clémence Aresu
Maquette de couverture : Yasue Hagiwara
Suivi éditorial : Iman Thieffry
Direction éditoriale : Mehdi Benrabah

Édition française
2024 Pika Édition
ISBN : 978-2-8116-6545-6
ISSN : 2102-4634
Dépôt légal : janvier 2024

Tome disponible en version numérique

Achevé d'imprimer en Italie
par Grafica Veneta S.p.A. en janvier 2024

PAPIER À BASE DE
FIBRES CERTIFIÉES

Pika Édition s'engage pour l'environnement en
réduisant l'empreinte carbone de ses livres.
Rendez-vous sur www.pika-durable.fr

PiKa EDITION
www.pika.fr